魔豆

魔豆

魔豆

請解開故事

謎底 MURDEREROFUS

——外傳——

演員們

花於景
雷雷夥伴 著

請解開故事

謎底

MURDEREROFUS

——外傳——

目錄

CONTENTS

《請解開故事謎底》外傳——
這是平行時空的封蕭生與莊天然，
就像你我生活的這片地方，關於兩個年輕人的故事。

01 戀愛實境節目？

緊閉的地下室內，只聽得見顫抖的呼吸聲，人們縮在角落，無論男女，髒兮兮的臉上全都布滿著恐懼與絕望。

接著，樓梯上方傳來緩慢的腳步聲，宛若死神的喪鐘，人們涕淚縱橫，瞠目看著地下室的門被打開了。

站在門外的是一個披著斗篷的男人，他身形佝僂，體型寬胖，顫顫巍巍的步伐彷彿遲暮老人。

眾人看見男人時，卻跟見著鬼似地，不停發出淒厲的尖叫，拚命後退想要逃跑。

男人從身後拿出電鋸，咧開漆黑的牙齒，一步步走進地下室，斗篷隨著他的動作落了下來——只見他的背上長滿了密密麻麻的頭顱，有老有少，無數張慘白的臉上滿是死前的驚恐。

他並不是駝背，而是那些被他殺死的人，都長在他的背上。

他不是人，而是一個怪物殺人魔。

尖銳刺耳的電鋸聲驟然響起，殺人魔朝躲在角落的人們撲了過來！

眾人驚慌失措地吼叫，這時，一個身影突然擋在他們面前，是個身穿警服的青年。

他們隱約記得，這名青年叫莊天然。

莊天然拿著地下室裡唯一能夠作爲阻擋用具的滅火器朝殺人魔臉上一噴，頓時白霧瀰漫。然而卻沒能阻止殺人魔的行動。

「嘻嘻嘻！」殺人魔笑容滿面，視線的遮蔽絲毫不影響他殺人，他繼續往前俯衝，沒想到，忽然一個紅色鋼瓶破開白霧迎面砸來，他被正面擊中，瞬間被打倒在地。

原來，青年的目的並不是要阻止殺人魔前進，而是想趁著視線不清之際，用滅火器擊倒殺人魔！

眾人總算鬆了口氣，頓時泣不成聲，一面互相擁抱，一面感謝莊天然。

但，地上的殺人魔卻動了。

他的臉被砸碎半邊，只剩下右邊的骨頭，其餘血肉模糊，他再次咧開嘴，僅牽動右邊的嘴角，看起來詭異非常，「嘻嘻嘻……」他絲毫不受影響地站起身，拿起電鋸朝眾人撲來！

眾人再次尖叫逃離，不過莊天然沒有跑，他拿起了另一支滅火器，咬緊牙關，呈現備戰狀態，儘管知道毫無用處。

在怪物面前，人類的攻擊根本不痛不癢。

但他不能躲，因爲他知道自己一躲，殺人魔就會去攻擊其他老弱婦孺。

「鏗！」舉起的滅火器勉強擋下一擊，電鋸因磨擦鋼板發出尖銳的噪音，很快地滅火器爆裂開來，乾粉炸開，莊天然忍不住低頭猛咳，就在這時，殺人魔的笑容已近在咫尺……

忽然，耳邊傳來另一道劇烈的電鋸聲，殺人魔的笑容瞬間定格，「咯咚！」怪物頭顱落地，手裡的電鋸也掉落在地，身體抽搐幾下，再也了無聲息。

莊天然眼睜睜看著額前的髮絲掉下幾許，剛才只差一點，他的臉就要被鋸成兩半。

莊天然差點軟了膝蓋，怔怔地看著封蕭生放下電鋸，朝他走來。

從屋外回來的封蕭生衣衫濕透，卻不見狼狽，舉止從容優雅，潮濕的上衣僅是襯托他修長緊緻的身段。

封蕭生舉步靠近，近得彷彿只聽得見彼此的呼吸，他撥開莊天然被割斷的劉海，秀麗的眼眸透著惋惜，嘆道：「晚了。」

莊天然看向封蕭生時的眼神，猶如剛才人們看著英雄現身，有著一閃即逝的放鬆與感激，「你不是剛才進入關卡了？怎麼回來的？」

八分鐘前，封蕭生進入了這一關的支線關卡，被鎖在屋外，與眾人隔絕。

其他玩家都以爲被孤立的封蕭生凶多吉少，沒想到，封蕭生一離開，他們之中一名駝背、看似不起眼的玩家突然露出眞面目，大開殺戒！

原來他是僞裝成人，隱藏在他們之中的怪物殺人魔。

所有人倉皇逃到地下室，直到殺人魔找到他們。

莊天然原本還擔心封蕭生的情況，然而對方八分鐘後就回來了，難道他其實沒有進入關卡，只是躲在屋外，等殺人魔露出眞身再伺機而動？

封蕭生說：「解完就回來了。」

莊天然一頓，「不是才過八分鐘？」他忍不住低頭看錶，想著自己是不是記錯了時間。

封蕭生眨了眨眼，一臉無辜地點頭。

莊天然：「……」明白了。

封蕭生撫著莊天然的臉，「剛才眞是差一點。」

莊天然以爲他還在遺憾自己被割斷的頭髮，鄭重地說：「要不是你，我可能已經出事，你是從哪裡找出電鋸的？」

封蕭生搖頭，「我說的差一點，不是指這件事。」

莊天然困惑，「什麼？」

「剛才看見你被電鋸指著——差一點就要告訴你，我就是你在找的人。」封蕭生若無其事地笑，眼底卻有光，和一些難以道明的思緒。

令人震驚無比的眞相，從他嘴裡吐出彷彿雲淡風輕。

莊天然緩緩地轉頭，面無表情——

「卡！卡卡卡！停！重來！」

導演發出怒吼。

攝影棚的工作人員們原本都沉浸在演出中，聽著封蕭生的自白，心臟被吊到嗓子眼，直到莊天然一張面無表情的臉讓他們瞬間出戲。

導演氣急敗壞，「天然啊！你到底是怎麼回事？前面演得多好，動作戲眞的沒話說，比替身還專業，但怎麼搞的？每次一到感情戲就死人臉，不知道的還以爲你才是冰棍！你當我們現在是在拍人鬼殊途？」

莊天然一臉茫然，像是不明白發生了什麼事。

導演吼道：「叫你演個感情很難嗎？你是不是沒談過戀愛？」

莊天然更加困惑。是沒談過，但這不是戀愛劇啊。

導演還想再罵，只見莊天然抬臉，正直地直視著導演，黑溜溜的眼睛布滿天眞無知，迷茫的眼神像是剛出生的孩子，導演倏地啞口，所有罵人的話都哽在喉嚨。

這時，封蕭生挪了下位子，讓化妝師補他臉上的妝，不偏不倚地正好擋住了導演的視線。

導演看不見莊天然，火氣上來又想罵人，封蕭生開了口：「很抱歉，都怪我。」

封蕭生一臉歉疚，在場所有人不禁愣住。

封影帝在說什麼？他是全場演最好的好嗎？而且他可是出了名的演技派，整個劇組沒人比他資深，無論長幼都要尊稱他一句封哥，誰敢說他不是？

就連以脾氣火爆著稱的導演都忍不住收起氣焰，平心靜氣地說：「封哥，與你無關，是他……」

封蕭生抬起眼眸，眨了眨眼，一臉楚楚可憐，「負責和他談感情的是我，怎麼不是我的錯？」

導演露出死魚眼。

導演與封蕭生私交甚好，自然明白他是刻意替莊天然解圍，氣得差點中風，「你不要再寵他了！你看看，他都被你寵成傻子了！」

莊天然一臉莫名。他們到底在說什麼？好像是在罵我。

導演擺了擺手，「重來、重來！再拍一次！」

莊天然有些苦惱和沮喪，這是他這一場第十三次ＮＧ。

他知道自己不善控制表情，對別人來說露齒一笑或許很容易，但對他來說，卻須對著鏡子反覆練習，努力牽動臉部的神經。

像他這樣不擅長表情管理的人，卻夢想成為出色的演員。

莊天然默默藏起手裡的別針，事實上為了這場戲，他準備了別針，須擺出痛苦、恐懼和哭泣的表情時，他就握緊掌心，現在手心上千瘡百孔，他感受到了疼痛，臉部卻文絲不動。

莊天然嘆了口氣。

更糟的是，他連累了所有演員，尤其是封蕭生這個影視圈的大前輩。

所有人都跟著他重演了十三次，怪物是靠後製，最辛苦的無非是和他有著對手戲的封蕭生，由於屋外下著雨，所以他始終是以濕淋淋的狀態與他反覆重演。

莊天然深感抱歉，慎重地向封蕭生鞠躬，再次道歉：「對不起，連累您了。」

封蕭生莞爾。

莊天然似乎從未在封蕭生臉上見過一絲慍色，即使在劇中必須展現對惡人的憤怒，他也僅是眉頭一挑，便能讓所有人感受到他的情緒，這就是實力派的演技。

封蕭生突如其來地道：「你知道在雨傘還沒發明以前，人們都是怎麼遮雨嗎？」

莊天然不知道封蕭生爲何突然提出這個古怪的問題。

「像這樣。」

伴隨著耳畔的溫聲細語，莊天然落入一個濕熱的懷抱，封蕭生將頭枕在他的腦袋上，遮蔽了大半光源，「慢慢來，我陪你。」

莊天然愣了很久，才後知後覺地明白，原來封蕭生在安慰自己。

導演激動地道：「對了、對了！就是現在這個表情！天然，繼續保持！」

莊天然疑惑地眨兩下眼。

他露出了什麼表情？

總之，糊裡糊塗地總算度過這次難關。

莊天然後來思考，這應該就是所謂的「領戲」，聽說眞正有實力的演員，能夠帶領所有演對手戲的演員一同入戲，跟隨他表演。

莊天然從進入劇組的第一天，便打從心底對封蕭生感到尊敬。

他從以前就經常在各大媒體聽聞過封蕭生的事蹟，雖然每個版面都免不了提起他絕頂的容貌，但更多的是描述他如何一次次刷新演員的標竿。

封蕭生童星出身，未滿十歲就得了最佳新人獎，之後屢創佳績，大多時間都在海外拍電影，近幾年才回到故鄉。

相反地，莊天然只是一個本土劇出身的小演員，沒拍過幾部大戲，之所以有機會能和封蕭生同台，全因爲編劇看上他的面癱，正符合劇中主角純眞與淡然交融的氣質。

今天的戲分拍完後，莊天然飢餓又疲憊，拍攝時長比預期多了數個小時，他沒有經紀人，因此沒有準備食物，還有剛才被封蕭生抱住，全身被沾濕了，陣陣寒風吹來，冷得不停發抖，他想劇組裡應該有毛巾，但他沒有先去尋求場務的協助，而是徑直走向封蕭生。

「封哥，剛才謝謝您。」莊天然微微彎腰鞠躬。

封蕭生已經換好衣物、披上大衣，正在聽經紀人說明接下來的行程，由於時間被耽誤了不少，經紀人明顯有些緊張，但當莊天然開口時，封蕭生卻抬手暫停談話，笑看著對方。

「不用謝，照顧自己的對象是應該的。」

旁邊的經紀人愣住，露出一臉「我理解的對象應該不是那個對象吧？」的吃瓜表情，來回看著兩人。

莊天然頓了下，「不是應該的，作爲對手戲的對象，我還有很多不足。」

封蕭生始終保持微笑，繼續問：「那作爲其他對象呢？」

莊天然困惑一瞬，很快恍然大悟，畢恭畢敬地道：「作爲向您學習的對象，我也應該努力前進，封老師。」

封蕭生：「……」

經紀人：「……」怎麼好像距離更遠了？

由於行程有所耽誤，經紀人催促團隊，除了封蕭生一派從容以外，其他人全都匆忙地離開片場。

封蕭生走前和助理交代了什麼，但莊天然並沒有看見，他正想騎共享單車回家時，一名工作人員忽然喊住他。

「天然、天然！等一下！」工作人員遠遠跑來，懷裡抱著毛毯、毛巾和上衣，莊天然見他雙手抱得吃力，趕緊上前幫忙接下。

工作人員氣喘吁吁地說：「這些是剛才封哥經紀人留下的，還好他們有多準備一份備用，想得真周到。」

莊天然被溫暖包圍，想起封蕭生總是運籌帷幄的模樣，沒想到居然連他的事都顧及到了，心中對封老師的尊敬又更深一層。

他去廁所擦乾了身體、換上乾淨衣物，正準備離開劇組，這回輪到被導演叫住。

「天然！你過來一下！」

莊天然走向導演，導演攬住他的肩，「我們這部戲還要拍一段時間，你知道吧？」

莊天然點頭，據他所知，大約還需半年。

「你和封哥有不少對手戲，經常必須共處一室，你也知道吧？」

莊天然思考著導演大概是想談他今天的感情戲，又繼續點頭。

「接下來就要拍本劇的高潮戲碼，畫面必須精彩、感情戲必須動人，你明白嗎？」

莊天然再次點頭。

導演用拳頭擊掌，「所以，我和製作人商量後決定，你和封哥同居五天吧！」

莊天然正想點頭……突然僵住。

什麼？等等，爲什麼會有這個結論？

導演笑道：「看你沒什麼反應，沒問題吧？那就這麼決定了！」

不是，我只是沒辦法有表情，導演你最清楚了不是嗎？

莊天然直白道：「導演，恐怕不太合適。」封老師是什麼地位，哪有以下犯上，跟老師同住一個屋簷的道理？

導演嘆了口氣，語重心長地說：「天然啊，你今天的表現，自己知道吧？讓你們住在一起，就是爲了培養感情，只有五天啊，難道你連這麼點小事都做不到嗎？」

莊天然百口莫辯，畢竟起因是自己演技上的不足。

導演乘勝追擊，拿出一疊文件，遞到莊天然面前，「你在這邊簽個名吧。」

莊天然低頭一看，是一份合約，開頭寫著「同居同意書」，內容足足有五大頁。

……怎麼回事？怎麼住個五天還要簽合約？

莊天然滿腦子困惑，翻開合約，內容大多是制式化的條款，和他參加《請解開故事謎底》拍攝前簽訂的合約內容差不多，唯有中間多了幾項附加條款，例如：「乙方同意住在劇組安排的住所，除卻須要就醫等的緊急情況，在完成該企劃前不得中途退出」等等文字……

在導演灼熱的視線下，莊天然愣頭愣腦地簽了名，導演臉上頓時一掃陰霾，露出無比燦爛的笑容，說道：「回去打包好行李，準備搬家！」

消息比想像中來得快，隔天，莊天然便收到劇組傳來的簡訊，要他明天晚上十一點入住，樓層是三樓之五，門口有黑色鞋櫃的那間。

當天莊天然比規定的時間提前一小時抵達，他揹著背包，走進了劇組安排的公寓。公寓的所在地相當荒涼，周圍全是還未開發的荒地，整條街上沒見到人，每棟建築隔了數百公尺遠；公寓外觀看起來十分陳舊，周圍裝有鐵架，似乎正在整修。

莊天然明白劇組是故意挑選這個荒涼的地點，畢竟封老師走到哪都會引起群眾騷動和媒體追隨。

聽劇組說，他們這五天要住的套房每層有四戶，一戶大約十坪左右，雖然對莊天然來說綽綽有餘，但不知道住慣了大房子的封老師會不會覺得太擁擠。

莊天然嘆了口氣，到底還是自己連累了對方。

他走上二樓，沿途沒遇到半個鄰居，門口也沒有鞋櫃和有人居住的痕跡，而且走廊牆壁全是泥灰色的磚頭和水泥，未經粉刷，二樓的最底端還封著木板，顯然是才裝潢到一半。

他來到三樓，最裡頭的那戶門前放置著鞋櫃，顯然這間就是劇組安排的住所。

走廊上滿是施工的殘留物，地上堆著幾塊木板和幾桶油漆，莊天然抬腳跨過，避免踢倒。終於來到門前，由於沒有鑰匙，於是他按了電鈴。

大門「喀」一聲開了，莊天然走進去，身後的門自動關上，當他看清楚內部擺設時，先是愣了一下——第一，裡面沒有人，門是誰開的？第二，這裡與其說是屋子，不如說是房間，而且這個房間的布置相當眼熟——就和劇中他與封蕭生小時候在育幼院住的房間一模一樣。

四周全是白漆脫落的水泥牆，上面有小孩子用紅色蠟筆畫出的無數個笑臉，每個笑臉都長了細長的手，手裡拿著刀。

屋內陰暗且窄小，僅有一個房間和廁所，屋內沒有窗戶，電燈是唯一的光源。

不過，此時莊天然來不及思考「這是自己未來五天要住的地方」這一點，他先是驚嘆，接著不禁欣賞起布景。身為一個戲痴，他對劇組還原場景的功力感到讚歎，而且不免有些驚訝，劇組竟然爲了讓他融入感情戲，如此大費周章地做了一個布景？

「嗶嗶！」桌上忽然傳來一陣短促響聲。

莊天然嚇了跳，低頭一看才發現桌上放著一支老舊的手機。

他拿起手機，機身與手掌差不多大，螢幕是單色的且不能觸控，只有按鍵，畫面上顯示著：您有一條新訊息。

莊天然左顧右盼，喊了幾聲，確定套房內只有他一人，只好開啓訊息確認是誰留下的手機。

訊息寫著一句話：每天將會發派一個任務，連續五天完成任務，方能離開。

莊天然的第一個反應……詐騙廣告？

他注意到發送簡訊的是從未見過的陌生號碼，翻了下手機，這支手機維持著原廠設定，無人用過的痕跡。

莊天然漸漸發覺，難道這是劇組留給他的道具？

正當他百般困擾時，「喀」的一聲，大門忽然開了，封蕭生提著行李袋進門，抬頭看見莊天然時，他面帶微笑，說：「你好。」依舊是讓人摸不清喜怒的態度。

若不是現在看到封蕭生進門，莊天然不敢相信對方會答應劇組的請求。

封哥……不，封老師眞是敬業。

莊天然看著封蕭生的眼神更加敬畏了。

莊天然想和封蕭生道歉是自己連累了他，但封蕭生進門後，視線卻不在他身上。封蕭生先瞥了一眼客廳天花板右上方，在屋內走了一圈，最後視線才回到他身上，笑眸微彎，一如往昔地親切：「聽導演說你畢生的夢想就是和我住五天，爲此求了他很久？」

莊天然原本正要脫口的道歉哽在喉嚨，如果他可以自在地控制表情，此時想必下巴已經掉到地上。

等等，我什麼時候說過這種大逆不道的話？爲什麼傳到封哥這裡變成這種版本？導演你轉行當編劇了嗎？

莊天然面無表情，內心充滿慌亂，甚至忘了要道歉。封蕭生遂而失笑，「別擔心，我明白。」

莊天然鬆了口氣。

封蕭生又道：「只住五天怎麼夠呢？」

莊天然：「……」不，我不是那個意思，誤會大了！

正當莊天然想開口解釋，封蕭生忽然湊近，有人說被這雙深邃的眼睛凝視時會下意識停頓，甚至忘記該說什麼話，莊天然深有體會。

封蕭生越過了莊天然的臉，拊在他耳側，輕聲道：「客廳的左上和右上各一個針孔，廚房兩個，大概只有廁所沒有。」

莊天然一愣，還來不及思索封蕭生是怎麼看出哪裡有攝影機，先被這個消息震撼得無從思考。

他猛然站起身。

封蕭生溫柔地握住莊天然的手，「別驚慌，我……」

「這怎麼行！」莊天然微微顫抖，面無表情的臉上難得地浮現一絲怒色，「偷拍觸犯了刑法第三百一十五條的竊錄罪，劇組怎麼能公然違法？」

封蕭生一頓，偏頭思考片刻，微笑問道：「你的法條怎麼背得這麼熟呢？」

莊天然說道：「爲了演好警察，我每天都在背刑法。」

封蕭生依然保持微笑，心想：這已經不是備戲了，是在備考吧？

莊天然摸了摸口袋，想拿手機打電話給劇組，卻發現口袋空無一物，這才想起事前的簡訊裡，劇組告訴他：「爲了讓你們盡早熟悉彼此、專注於培養感情，第一天先別帶手機。」

由於沒辦法電話聯繫，他直接往門外走，這時，身後傳來封蕭生不緊不慢的聲音：「你還沒發現嗎？」

什麼？

莊天然回過頭，見封蕭生坐在沙發上，單手支著腦袋，彎起的眼眸像夜間森林裡的明月，將路人引入黑暗深處，「大門沒有鑰匙孔，門外沒有密碼盤，這扇門，如何打開？」

言下之意，他們被關住了。

或許是遠端遙控，又或許是專門的暗鎖，無論是什麼，他們都無法自行解開。

莊天然瞠目，一下子把所有事情串連在一起：爲何要簽約、與劇中一模一樣的布景、那則意義不明的簡訊——這是一場同居實境秀，他們被關在房間裡，達成任務前，不能離開。

莊天然無語問蒼天。導演，你不只改行當編劇，連綜藝節目都不放過嗎？

「嗶嗶！」桌上的舊式手機忽然再次響起。

如今這支手機成爲他們唯一能和外界聯繫的方式。

莊天然點開簡訊，上面只有一句簡單扼要的訊息——第一天：彼此相親相愛，手牽手入眠。

莊天然沉默，放下手機，再抬起來看一次。

「第一天：彼此相親相愛，手牽手入眠。」

他沒有看錯，確實是這個任務。

……是不是發錯對象了？他們演的是恐怖片，不應該是戀愛實境節目。

莊天然僵硬地回頭，看向笑臉盈盈、不明白即將要發生什麼事的封蕭生。

他怎麼能對無辜的封老師做這麼大逆不道的事！

經紀公司應該會發現吧？
3
你跟我失聯這麼久，他們現在應該很著急。
居，公司禁止談戀愛。
跟我同居跟談戀愛有什麼關係？
4
嗯，看起來像是你帶我私奔了。
你要負責。
？？？

02 炙熱的情侶

燈光忽明忽滅，牆上畫滿詭異的笑臉，兩人被關在密閉的房間，無一不符合恐怖片的開端——但他們須要完成的任務卻是相親相愛。

封蕭生雙手插兜，下巴擱在莊天然肩上，看見簡訊裡的甜蜜任務，哦了一聲，「我明白了，確實很還原劇情。」

……哪裡還原了？

礙於尊師重道，莊天然無法直接反駁，只能板著一張臉看封蕭生。

封蕭生一臉理所當然地說：「我們拍的就是愛情片，不是嗎？」

……我們拍的是同一部片嗎？

莊天然實在無法苟同。

封蕭生拉著莊天然上床，莊天然雖然覺得不該失禮，但當那雙白皙且微涼的手指碰上自己時，他便失去了抵抗能力，只能懵懵懂懂地任由對方將自己拉到床上。

封蕭生示意他睡下，他閉上眼照做。

莊天然原以爲這會是難得的失眠夜，但他多想了，他和往常一樣，沾床就進入了夢鄉，睡著的速度堪比昏迷。

「呵。」

由於剛入睡，睡眠還很淺，莊天然隱約聽見一聲輕笑。

莊天然努力睜開眼皮，看見枕邊的封蕭生側著臉，柔軟的劉海落在枕上，低聲對他說：「問你一個問題哦。」

嗓音輕得像在訴說一個祕密。

莊天然聽見了卻沒能回應，快要閉上的眼皮顫了兩下，光是睜開就十分勉強。

封蕭生說：「你眞的相信，只要照著訊息完成任務，就能離開嗎？」

什麼意思？

莊天然閉著眼睛皺了皺眉，然而封蕭生卻沒再開口，在這份寂靜中，莊天然沉沉睡去。

——不知過了多久，莊天然忽然被轟隆轟隆的電鑽聲吵醒。

他睜開眼，一時還以爲是在自己家裡，畢竟租屋附近成天在施工，被吵醒是家常便飯。

他盯著天花板上詭異的笑臉塗鴉好一會，才意識到自己在劇組安排的房間裡，而且正在進行實境秀。

莊天然抹了抹臉，眞虧自己被攝影機拍著還能睡得這麼熟。

這一動，連帶發現左手被人拉著，轉頭一看，封蕭生雙眼閉上，大掌扣著他的手，睡得比他還沉。

莊天然一面想著「不愧是封老師，面對鏡頭跟喝水一樣，比他還自然！」，一面又想到之前記得聽劇組裡的化妝師們討論過，封哥不是三百六十度零死角，而是三百六十五天無死角。那時他似懂非懂，現在總算明白，她們說的是對的，有人連毫無防備時都眉目如畫。

屋外的施工聲仍在繼續，莊天然看向牆上的鐘，指著十一點。

由於屋內沒有窗戶，他一時以爲是早上十一點，但想想不對，他的生理時鐘向來固定，不可能連睡十幾個小時，身體也沒有過度睡眠的疲憊感，這表示現在應該是晚上十一點，他只睡了不到一個小時。

不過，怎麼會有人晚上施工？

莊天然鬆開封蕭生的手，起身查看，聲音似乎是從門外傳來的。

他透過貓眼往外面一望——

「你怎麼鬆開手了呢？」

莊天然身後傳來一道溫柔卻令人不寒而慄的聲音。

「違反遊戲規則很危險的，你不是很清楚嗎？然然。」

莊天然回頭，對上封蕭生的眼睛，恍然間彷彿回到劇裡，封蕭生並不是演員，而是貨眞價實存在的角色。

莊天然不自覺開口，向他詢求答案：「封哥，外面的走廊不見了，全是黑的。」

封蕭生微微一笑，似乎早有預期，「因爲遊戲開始了。」

莊天然來不及多問，忽然整棟樓響起刺耳的警報，機械式的聲音不斷重複廣播著：「發生火災，請盡速避難！發生火災，請盡速避難！發生火災，請盡速……」

雖然屋內還沒有煙，但空氣中瀰漫著一絲燒焦的氣味，突如其來的變化讓莊天然終於反應過來——失火了！

莊天然難以置信地說：「這是節目效果嗎？再怎麼樣都不可能眞的放火……」

彷彿感應到他的驚愕，久久未有動靜的老舊手機再次響起。

「嗶嗶！」

莊天然立刻拿起手機，瞥向螢幕，卻不見劇組對於火災的解釋，整條訊息只寫著一句話：第二天：彼此相親相愛，手牽手入眠。

怎麼回事？爲什麼現在就傳送第二天的任務？而且任務內容完全沒變？

莊天然心中的困惑不減反增，他朝攝影機揮舞著手，希望工作人員注意到他們的情況。

而這時，好幾條簡訊接連響起，內容令他更加愕然——

「第三天：彼此相親相愛，手牽手入眠。」

「第四天：彼此相親相愛，手牽手入眠。」

「第五天：彼此相親相愛，手牽手入眠。」

接二連三的詭異訊息，機身永無止盡似地震動，莊天然握著手機，額角冒出冷汗，他漸漸察覺不對勁，隨即發現一件事——如果「火災」是劇組的安排，爲的是拍攝他們在危機中的反應，那爲什麼任務要叫他們入睡？

「你發現了嗎？」封蕭生搭上莊天然的手，意味不明的眼神透露出不合時宜的愉快，「第一天、第二天、第三天，都沒有醒來——這個任務，不就是要我們殉情？」

莊天然猛地僵住。

「劇組怎麼可能會給這種任務？」

「不可能嗎？」封蕭生抬頭望向攝影機，不知在對誰說話，「如果說，這些根本不是劇組的安排呢？」

莊天然說道：「同居的事是導演親口說的，地址也是劇組傳的訊息，難道你是說有人冒充劇組？」

封蕭生不置可否，開口又是一句令人不明所以的話：「從一開始就有所跡象。」

一開始？

「你再想想，劇組給的門牌號碼。」

莊天然努力思考。劇組給的門牌號碼，三樓之五不是嗎？他進門時沒有注意到門牌，因爲四處都在裝修，牆上斑剝凌亂，有好幾扇門沒有門牌號碼，所以他是靠鞋櫃認門的……

莊天然一頓，忽然察覺了疑點。

不對，三樓之五——劇組不是說，每層只有四戶，哪來的三樓之五？

「劇組到底想做什麼？」數不清的疑問，讓莊天然幾乎懷疑自己根本正在《請解開故事謎底》這部劇裡，而非普通的同居生活。

「如果不是劇組的安排。」封蕭生笑了笑，「包括這些監視我們的攝影機、讓我們殉情的簡訊，都是有人在操縱這一切。」

爲什麼你能滿臉笑容地說這麼恐怖的話？

莊天然依舊懷疑是劇組，畢竟能把場景做得如此還原，除了劇組不可能有其他人。

空氣裡的煙味越來越濃，接著室內開始出現煙霧，莊天然正在想是否要逃，這時，桌上的手機響起了系統內建的鈴聲。

這是「犯人」第一次打電話來。

莊天然和封蕭生對視一眼，莊天然按下擴音，電話那端先是傳來雜亂的背景音，接著是斷斷續續的雜音：「快……喂？喂？快……快逃！這不是我們的安……」

通話驟然結束，莊天然看了眼手機，螢幕一片漆黑，怎麼按電源鍵也沒反應，顯然是電池沒電了。

左右尋找都沒看見充電器，恐懼感後知後覺地蔓延上來——莊天然轉頭問封蕭生：「你聽見了嗎？剛才是不是導演的聲音，他好像說……」

封蕭生接下他沒說完的話：「這不是我們的安排。」

煙越來越濃，此時已經顧不得思考，他們必須先離開這裡。

莊天然再次嘗試開門，但大門依舊深鎖，並且沒有鑰匙孔。而封蕭生四處摸了摸牆面，試圖尋找機關，最後也只是對莊天然聳聳肩。

莊天然放棄了這道門，連封蕭生都開不了的門，肯定從裡面是沒辦法解了。

煙已經蔓延至整個房間，視線混沌不清，他們得另尋出路。

莊天然努力冷靜思考，這裡沒有窗戶，還有哪裡可以逃生——對了，還有一間廁所，或許廁所裡會有窗之類的！

莊天然扯過棉被，蓋到封蕭生身上，並將他壓低，以免他吸到煙。

封蕭生把棉被蓋在頭上，像個大斗篷似的，他眨了眨水靈靈的眼睛，問莊天然：

「你看這個像不像蓋頭？」

莊天然沉默片刻，「現在不是開玩笑的時候。」

封蕭生點頭，「好，那我認眞問你想不想掀？」

莊天然：「……」

封蕭生的玩笑倒是讓緊繃的氣氛緩解不少，兩人伏低身子，打開浴室——裡頭早已煙霧瀰漫，濃霧一點也沒有散出去，這表示，浴室內沒有任何窗戶。

這是一間完全封閉的密室？

封蕭生嘆道：「眞可惜，差一點就是完美的密室殺人了，如果我們眞在這裡殉情的話。」

莊天然無語凝噎，「我們沒有『殉情』很可惜嗎？」

封蕭生搖了搖頭，「還不夠完美，很可惜。」

他踩上浴缸，手伸向天花板，從莊天然的角度只能看見他半個身體，上半身很快被煙霧包圍。

莊天然正想把封蕭生拉下來，畢竟在火場中被嗆傷，後果不堪設想……然而他還沒動作，封蕭生便回到了地面，手裡還捏著一個銀色的短管，大約只有拇指大小。

「這是什麼？」莊天然問。

「噴煙設備。」封蕭生把玩著手裡的金屬物。

莊天然頓了頓，再看著天花板，忽然明白了什麼——難道說，這些煙根本不是因爲什麼火災，而是有人在放煙！

「一般火場來說，濃煙會往上升，但剛才煙的方向卻是由上往下冒，所以我猜，天花板上應該有什麼。」封蕭生隨意將東西扔在水槽，發出「鏗鏘」一聲。

莊天然看著那支在水槽裡旋轉的金屬物，思索一陣，說道：「難怪不會覺得熱，煙味也不嗆鼻，我以爲是因爲火勢不大，但仔細想想，這裡正在施工，到處都是木板等易燃物，照理說延燒速度應該每分鐘兩到三公尺，五分鐘就可能蔓延整棟樓。」

聽著莊天然說出詳細明確的數據，封蕭生微笑，「你連消防防治法都背起來了？」

莊天然困惑，一臉「這不是應該的嗎？」的表情。

封蕭生呵一聲，拍了拍莊天然的肩，「然然，有時我挺佩服你的努力，這也是我無法不注意到你的原因。」

莊天然光是聽見前半段封老師佩服自己的話就已經當機了，壓根沒聽到後半句。

這時，煙霧停了。

莊天然的視線不自覺望向天花板，從表面看不出異狀，只有其中一塊被封蕭生掀開的夾層露出了上方的管線，以及密密麻麻的噴煙設備。

劇組爲了節目效果，竟然不惜做到這種地步？

莊天然按住發疼的太陽穴，「這也做得太過頭了。」

封蕭生笑了笑，「所以眞的是劇組嗎？」

莊天然不解，直白說出心中的疑問：「如果『火災』不是劇組安排的，導演看見失火，怎麼會只打一通電話？他應該還會報警，算一算消防車早就該到了。」

但四周毫無動靜，消防車鳴笛聲鋪天蓋地，不可能沒聽見。

「確實不該打那通電話。」封蕭生說：「因爲攝影機早就被我關了。」

「什麼？」莊天然以爲自己聽錯了。

封蕭生重複道：「在你睡覺的時候，我已經把攝影機關了。」

莊天然面色沒變，眸底卻暴露出驚愕。

封蕭生眼神柔和，像是在安撫，「別太驚訝，畢竟，我怎麼能輕易讓別人看見你的睡臉呢？」

不是，他不是在驚訝這個。

——如果攝影機早就被關閉了，導演是怎麼知道失火的？就算是事先安排好的橋段，如果沒有攝影機錄製也是白搭，導演爲什麼會打那通電話？

莊天然被接二連三的謎團搞得頭昏腦脹，「這到底是怎麼回事？」

封蕭生思索半晌，說了一句話，讓莊天然毛骨悚然。

「打電話來的，眞的是導演嗎？」

電話裡聲音充滿雜訊，又隔著話筒，難以辨認。

如果說，打電話來的人並不是導演，那麼一切就有了解釋。爲什麼關閉了攝影機，劇組卻毫無反應？爲什麼「導演」會知道發生火災？

打從一開始，把他們困在這裡的就另有其人。

莊天然問：「所以犯人是劇組裡的人？不然不會知道我們的行程和聯絡方式，甚至準備得如此齊全。」

封蕭生說：「恐怕如此。」

莊天然心想：這麼說來，傳假地址這點就說得通了，但是……「每層有四戶這件事，是劇組工作人員在電話裡跟我說的，那個工作人員我認識，如果是犯人，不可能曝光自己的身分。」

封蕭生點頭道：「我們住在這裡，劇組應該知情，否則犯人無法調動那麼多資源，甚至租下一整棟樓。」

莊天然驚訝，「那犯人要怎麼防止其他人來這裡？如果有人剛好過來看看，他的計畫就失敗了。」

封蕭生琢磨片刻，「我有一個猜測，和一個觀察，你想先聽哪個？」

莊天然想了會，「猜測吧。」他總覺得封蕭生肯定又觀察到了什麼，而這個答案大概會很驚人，他的腦袋無法一下子思考那麼多。

封蕭生說：「我猜，犯人給我們的入住時間，比劇組設定的提早了許多天。」

莊天然恍然大悟，「所以，劇組很可能不知道我們已經提前入住？」

封蕭生點頭。

莊天然問：「不過無論提前多久，劇組都還是隨時有可能來這裡布置或勘查，這麼做依然有風險不是嗎？」

封蕭生微笑，「這就要說到觀察了。」

莊天然無奈地道：「你說吧。」該來的還是要來。

封蕭生說：「你有沒有想過，爲什麼每層樓的底端都被木板封住，只有這一層沒有？」

莊天然頓了頓，「每層樓都被封住？」他確實有注意到二樓的底端有木板，而三樓沒有，但他以爲那只是因爲二樓還在施工。

封蕭生道：「我進門前看了每一樓，只有三樓沒有。」

這等細心與觀察力，莊天然自嘆不如，他突然發現自己腦袋時常轉不過來，是不是就是因爲太少思考了……

封蕭生繼續循循善誘，「還記得我們討論過，哪來的『三樓之五』？」

莊天然總覺得從對方笑咪咪的眼神中，看出了自己必須努力思考，才能得到想要的答案。

莊天然不知爲何想起了拍戲時，工作人員曾經感嘆：「哎，如果主角是封哥，我們大概八點開拍，九點就收工了，一個關卡一小時搞定。」

另一個工作人員搖頭道：「但主角是天然也很可愛不是嗎？看他當機的樣子，就像我老家那台已經用了十幾年的XP電腦，讓人心疼。」

如果可以，莊天然也很想要一個高效能又高情商的腦袋。

莊天然將思緒拉回到現實，「三樓之五」這個疑點確實還沒解開，劇組明明說一層只有四戶，但仔細回想，底端被木板隔住的二樓確實是四戶，他們住的三樓卻有五戶。

走廊兩側各兩戶，最尾端一戶，也就是他們現在所待的三樓之五。

莊天然試圖說出自己的推測：「劇組並不知道木板後面其實還有一戶，所以犯人趁著劇組在裝修其他房間時，同時布置好三樓之五，並引導我們進入這裡？」

封蕭生笑得十分燦爛，顯然他說出了正確答案。

莊天然原以爲這就是最後的解答，正當他表面波瀾不驚、內心爲了自己想通答案而感到喜悅時，封蕭生又開口：「所以你知道，爲什麼他能保證這個房間不會被人發現了嗎？」

莊天然一愣。

對啊，爲什麼？

然而，這次莊天然並沒有停頓太久，在封蕭生的引導下，他很快想出了那個駭人的答案。

——只要把木板重新封上，誰也不會知道他們就在裡面。

封蕭生知道他想通了，莞爾道：「不然你聽見的施工聲，以及貓眼外的黑暗，是從何而來的呢？」

原來，封蕭生從一開始，就已經看透一切。

莊天然怔了怔。

……不對，封老師，我們被封死了，你怎麼還能這麼冷靜？

03 深藏的愛

儘管莊天然臉上毫無異狀，他的內心卻不若封蕭生這般鎮定。

到底是誰把他們關在這裡？目的又是什麼？

莊天然問封蕭生：「你有懷疑的對象嗎？」

封蕭生思忖，張了口，卻又轉為微笑，「你猜。」

若是一般人聽見封蕭生這麼說，或許會因為覺得被戲弄而惱火，但莊天然直線條的腦袋不足以讓他多想，只認為對方就是要他猜。

於是莊天然想了會，說道：「嫌犯是個成年男生，年齡介於二十五歲到三十五歲之間，心思細膩，重視細節，但過於情緒化，容易感情用事。」

封蕭生莞爾，「犯罪心理學？你也背熟了。」

「只是入門而已。」莊天然繼續道：「假設嫌犯是劇組裡的成員，目前劇組裡年紀最長的是導演，三十五歲，所以嫌犯不會超過三十五歲，至於會猜測大於二十五歲，是因爲這款手機大約二十年前停產，而嫌犯擁有並熟悉這支手機，代表他年紀不輕。」

封蕭生點了頭，讚許道：「上了一課，莊老師。」

莊天然瞬間頓住，耳根子飛快地紅了起來，別人不知道還以爲封蕭生說了多羞恥的話。

封蕭生感到很新奇，畢竟他說再多情話都不曾讓莊天然臉紅，想不到突破口居然是這個？

他發自內心地笑道：「同居確實很有意思。」

莊天然乾咳一聲，沒有直視封蕭生的臉，繼續解釋：「從他花費心思百分百還原房間這點，就能知道他是個重視細節的人，否則不會在與綁架無關的場景下工夫。從這點也可以見得，他的性格偏向感性，比起一板一眼的傳統犯罪模式，他更喜歡創新，甚至有表演慾，再綜合他對布景的熟悉程度，我猜他在劇組裡的工作可能與藝術有關，也許是道具組或者攝影組。」

「說得眞好。」封蕭生慢條斯理地道：「那麼能否請教一個問題？莊老師。」

這回莊天然終於比較適應這個稱呼，面上不再有變化，只是略顯不自在地說：「你別這樣叫我。」論圈內的資歷和輩分，他都遠遠不及封蕭生，被對方這樣稱呼，總覺得以下犯上。

封蕭生微笑，「那麼，叫親愛的？」

莊天然滿臉困惑，「什麼？」

「開玩笑的。」封蕭生面不改色。

莊天然心想：自己幽默感太差了，不然怎麼會聽不懂封哥的笑話。

「你剛才想問什麼？」莊天然說。

封蕭生說道：「我把攝影機關了，嫌犯卻毫無反應，爲什麼呢？」

明明是提問，但莊天然卻莫名覺得封蕭生其實知道答案。莊天然愣了愣，心裡想著如果嫌犯不在乎是否有錄影，難道他裝攝影機只是爲了嚇唬他們？

封蕭生卻沒有多做解釋。

這個問題再次引發了莊天然的思考，犯人綁架他們的目的是什麼？如果是爲了偷拍，但攝影機並沒有開，如果是爲了錢，沒必要一次綁兩個人，增加風險。

莊天然看向沒了電的手機。

現在他們無法打電話報警，嫌犯也聯繫不上他們，如果犯人要以手機發派任務，爲什麼不充電？那五個任務，究竟是任務，還是故弄玄虛的把戲？

莊天然陷入沉思，這時，他突然想起一件被遺忘的事——「你突然失聯，經紀公司應該很著急吧？」

他目前只有接這部戲，而這一個禮拜正好不用拍攝，但封蕭生不同，他向來行程滿檔，突然失蹤，經紀公司肯定會立刻發現。

莊天然琢磨道：「如果他們發現你失蹤了，很可能會報警，這點歹徒應該很清楚……難道他的目的是想受到關注？」確實曾有這種以捉弄名人爲樂的犯罪例子。

「他們不知道。」封蕭生說。

莊天然一愣。

「前天我收到同居地點時，那則簡訊說：『爲了打造美好的兩人世界，這五天請勿告知任何人住處，以享受無人打擾的同居生活。』所以，我跟經紀公司請了五天的假。」

莊天然啞口無語。這麼奇怪的簡訊，縝密如封哥怎麼會沒起疑？

封蕭生點頭，「我明白當中有不對勁。」

莊天然困惑。那你爲什麼要來？

接收到疑惑眼神，封蕭生一臉彷彿經過深思熟慮後說道：「但我覺得他說的有道理。」

莊天然：「……」

「犯人肯定很了解我們，包括我的喜好。」封蕭生說。

莊天然突然覺得，能夠「了解」這麼難懂的封哥，犯人肯定不簡單，得多加戒備。

經過這番討論，得出來的結果是嫌犯很可能是劇組裡的人，二十五歲到三十五歲之間，心思細膩，情緒化，表現慾強，並且對他們很熟悉。

莊天然細想，他在劇組熟悉的人不多，較常說話的除了導演和演員們，就是化妝師和場助，但不能排除不常接觸的人，因爲封哥是個名人，即使他不認識對方，不代表對方不認識他，犯人究竟是誰……

忽然，莊天然察覺到隱約有股視線，他左右張望，沒發現異狀，又抬頭看攝影機，確實關上了，沒有亮燈，他揉了揉瘦脹的眼睛，心想可能是錯覺。

「然然的直覺還是這麼靈敏。」封蕭生笑道。

莊天然不明白封蕭生爲何這麼說，接著便看見封蕭生蹲下身，拾起床邊地板上不知何時出現的照片，指著照片上的人，「是他在看你？」

莊天然低頭看向封蕭生手裡捏著的照片，瞬間瞠目——並不是因爲照片上的人，而是因爲封蕭生背後的床底下有人！

一個小丑蜷著身體，縮在床底下，手裡拿著刀，側躺的臉露出詭異的紅白色笑容。

莊天然立刻將封蕭生拉開，再低頭時，床下的小丑竟然消失了。

怎麼回事？莊天然不敢相信自己的眼睛。

見莊天然渾身僵直，封蕭生沒有鬆開他的手，反而握得更緊，「怎麼了？」

「剛才床下有人，我明明看見了。」莊天然皺眉道。

他再次彎腰查看，漆黑的床下乍看空無一物，地面甚至還覆蓋著一層灰。

難道是錯覺？

即使莊天然認爲自己看得很清楚，也不禁懷疑起來。

封蕭生聞言，越過莊天然，整個人探入骯髒又狹窄的床底，乾淨潔白的衣衫都染上了灰塵，莊天然根本來不及阻止，很快封蕭生又起身說道：「沒看到人。」

莊天然心想，怎麼能讓封老師做這種事！「抱歉，是我看錯了，你不須要進去……」

封蕭生搖頭，溫和道：「我知道你不會看錯，而且，並不是沒有收穫。」

他舉起手裡沾滿灰塵的筆記本，「雖然沒找到人，不過發現了這個。」

陳舊泛黃的藍色封面，寫著兩個字：「日記」。

再配上封蕭生最初在地上撿到的照片——那是劇組裡的團體照，但所有人的臉都被簽字筆塗黑。

嫌犯的輪廓逐漸清晰，至少確定，他是劇組裡的人。

翻開日記的第一頁，開頭寫著：

2022.11.12

我很久沒有寫日記了，今天醫生說記錄一些現實生活遇到的事情，有助於治療我的病，但寫日記會一再讓我想起，我失去了小元。

第一頁篇幅很短，只寫了這段話。

小元是誰？

莊天然一面思索，一面問：「你覺得這本日記是前任屋主留下來的，還是犯人的？」

「或許，兩者皆是。」封蕭生說：「不然他怎麼知道一層有五戶呢？」

莊天然恍然大悟，犯人很可能曾經住過這裡，否則劇組都不知道的事，他怎麼會知道？說不定，打從一開始就是他提議把地點定在這裡……

繼續翻到下一頁，日記寫道：

2022.11.14

昨天在家裡一整天，沒什麼好寫的，但晚上我又夢見小元了，他就像仍活著在我身邊，從沒離開過。

日記依舊很短，而且始終圍繞著小元這個人。

莊天然說：「小元是他的家人？」

看得出來小元對犯人影響很深，而且看起來已經不在人世，難道這是他的犯案動機？小元和他跟封哥究竟有什麼關係……

封蕭生微笑，「爲什麼不是愛人？」

莊天然頓了頓。

犯人提到小元是用人字部的「他」，代表小元是個男性——「犯人不是也是男的嗎？」

封蕭生說：「男性不能是愛人嗎？」

莊天然卡殼一會，後知後覺地反應過來，點頭說道：「也是。」

見莊天然毫無反應，封蕭生笑了笑，進一步問：「你不排斥？」

莊天然想了想，「與我無關的時候不排斥。」

封蕭生不笑了，他安靜一會，緩緩開口：「那什麼情況會排斥？」

莊天然渾然未覺封蕭生的變化，他搔了搔臉，有些困擾地道：「有一次我在網路上看到一篇文章，有人說你和我……呃，其實私底下在交往。」

封蕭生說：「你不喜歡？」

「當然！」莊天然難得拔高了音量，「他們怎麼能憑空捏造未經證實的緋聞？而且交往對象還是我，對你簡直大逆不道！」

封蕭生頓住，「你介意的是這個？」

莊天然一臉不解，「嗯？」

見到莊天然坦然的神情，封蕭生一掃陰霾，難得地笑逐顏開，甚至笑出了聲音。

莊天然不明白封蕭生爲何笑得如此開懷，而封蕭生則眉目溫柔，說道：「沒事，是我想多了，只有你永遠讓我猜不到。」

莊天然心想：自己得培養幽默感了，不然老是不懂封哥在笑什麼。

聊完其他話題，也該繼續做正事，封蕭生提醒莊天然翻下一頁日記，莊天然照做。

出乎意料地，下一頁的內容徹底顚覆了前面的話，讓這本日記瞬間變得詭異且令人不安。

2022.11.16

我知道小元還藏在家裡，但我不能去看他。

小元還藏在家裡？

莊天然瞳孔一顫，腦中閃過可怕的猜想，「難道是，殺人藏屍……」

封蕭生收斂起笑意，垂眸沉思。

再翻到下一頁，還是同樣的一句話：

2022.11.17

小元在那裡，但我不能看他。

2022.11.18

我不該回頭看他。

日記一天比一天更毛骨悚然，莊天然和封蕭生互看一眼，莊天然面無表情，實則內心發毛，「那個小元，是不是離日記的主人越來越近？」

封蕭生沒有否認他的猜想。

莊天然十分頭疼，小元究竟是活著，還是已經死了？是犯人下的手嗎？是因爲內心的恐懼，所以產生幻覺？

日記斷在這裡，之後幾頁全是空白，莊天然原以爲日記就這樣結束了，沒想到翻了半本，在最後幾頁，竟然又出現了內容。

這次的文字明顯和前面幾篇不同，不只日期間隔了好幾個月，而且用的是紅色原子筆，字跡十分凌亂，一橫一豎都抖得不像話，彷彿有人在背後追趕著他。

2023.1.12

小元活過來了！

莊天然皺了皺眉，死者怎麼可能復活？

顚三倒四的內容，教人不禁懷疑犯人的精神狀態。

接著日記又再次變得頻繁，甚至寫得比之前更加勤快，一天一篇不曾停歇，字跡同樣凌亂潦草，一開始莊天然以爲他是因爲恐懼而發抖，但很快發現並非如此——

2023.1.13

他不認得我了，他怎麼可以不認得我？

莊天然感到意外，「犯人希望小元想起他？他不是害怕小元來找他嗎？難道不是他殺了小元？」

封蕭生說：「繼續看他怎麼說。」

2023.1.14

我今天和他說了個笑話，他聽懂了，他不是小元，他竟然不是小元。

他和小元一模一樣，他怎麼能不是小元？

2023.1.15

封蕭生出現了，如果他真的那麼聰明，一定能幫我找到小元吧？

他必須幫我找到小元……

莊天然愣了愣，這是日記裡第一次提到有關他們的事。他記得一月十五號那天……是封哥正式加入拍攝的日子。

由於前面幾場戲都沒有封哥的戲分，加上他行程太滿，因此導演將他的戲分累積到十五號才開始拍攝。

莊天然心中有個猜想，雖然難以置信，但日記裡的內容橫看豎看都是這個意思：「封哥，該不會是你演技太好，讓犯人眞以爲你是劇裡神通廣大的封哥吧？」

封蕭生兩手一攤，大有「我有什麼辦法？」的意味。

莊天然撫額，他想起當時接獲劇組邀請時，製作人提到他們爲了讓封哥接下這檔戲，不惜讓編劇將主角改成他們兩人的本名，意思是：「這個角色非你莫屬。」展現出十足的誠意。

那時莊天然問：「那和我有什麼關係？」他的知名度遠遠不及封哥，如果他不出演，應該多得是能夠代替的人。

製作人笑著搖頭，「你不知道啊？編劇第一個指定的就是你！你還沒看過劇本，不明白這個角色只有你能演。」

後來莊天然才知道，劇中的主角是個面癱，環顧整個影視圈，確實沒有第二個面癱了。

莊天然說：「所以犯人把我們關在這裡，是想威脅你替他找到小元？」

封蕭生說：「你看下一頁。」

2023.1.16

他和封蕭生天天在一起，越來越像小元。

我明白了，他就是小元，他只是忘了。

他現在叫小天，好吧，我會叫他小天。

莊天然沉默良久，說道：「該不會，他說的那個看起來像『小元』的人，就是我？」

封蕭生說：「看來是的。」上一秒談笑風生的從容，此刻蕩然無存。

莊天然無語凝噎。

日記還沒結束，後面還有兩頁。

2023.1.17

今天，我向劇組推薦了我們以前同居的套房，他會想起我的。

只要他和封蕭生在一起，他就會想起我的。

看來，這就是他們被關在這裡的眞正原因。

犯人認爲，他和封蕭生待在一起的時候最像「小元」，所以把他們關在一起，指望他有一天想起自己。

莊天然翻到最後一頁，才剛翻到背面，便看見整頁密密麻麻的暗紅字跡：

小天，你看到了嗎？我知道你正在看，我也一直在看著你。

莊天然頓時頭皮發麻，手抖了下，差點把日記本扔出去。

犯人是故意的，故意把日記本留在這裡。

寫到了最後，書寫力道中蘊含的瘋狂，近乎要穿破紙背。

目的就是要他想起，自己就是小元。

被人窺視已久的感覺非常糟，犯人到底是劇組裡的誰？除了工作時間以外，他沒印象有誰特別接近他，或者注視他……

「看來他對你很執著。」封蕭生莞爾，眼神中卻毫無笑意，抽走莊天然手上的日記本，隨手扔回床底下。

「等等，那是證據……」

封蕭生按住莊天然，「我只是物歸原主，那種東西就該在那裡，永遠不要出來。」

沒等莊天然反應過來，封蕭生輕輕覆著莊天然的手，說道：「被人盯上很有壓力吧。」

莊天然聞言一頓，這才後知後覺地感到背脊發涼。說不恐懼是騙人的，畢竟犯人暗中觀察他已久，難以預料會做出什麼。

封蕭生透過交疊的手感受到莊天然的害怕與不安，安撫道：「壓力大的話，要不要轉移注意力？」

莊天然不明白封蕭生爲何這麼問，於是投以疑惑的眼神，接著封蕭生說：「我們來洗泡泡浴。」

莊天然定格了彷彿有一世紀那麼久。

「你說什麼？」

「有研究指出，沐浴有助於放鬆，兩人一起沐浴，效果更好。」

效果好……什麼？太過不合時宜的對話，讓莊天然腦筋轉不過來。

莊天然無法理解封蕭生的腦迴路，「封哥，我們現在還不知道犯人打算做什麼，怎麼還有心情放鬆？難道你一點也不擔心？」

「爲什麼要擔心？」封蕭生一面解開衣釦，露出精瘦結實的腹部肌理，一面道：「在劇組中有點資歷，二十五歲以上，熟悉場景，對你有意思，在劇組裡符合條件的沒幾個，知道是誰以後，有什麼好怕？」

看來是犯人比較怕你……

莊天然一愣，等等，這表示……「你知道犯人是誰了？」

封蕭生嘟起嘴，英俊的臉孔裝起可愛竟然沒有半點違和，「你還記得我們同居是要培養感情嗎？」

莊天然眨了眨眼，「記得。」

「結果你都在解謎！」封蕭生像極了抱怨男朋友只顧玩遊戲的女朋友，只差沒有甩著男友的手一邊跺腳撒嬌。

莊天然啞口，「是這樣說沒錯，但那是因爲……」

「那你洗不洗泡泡浴？」

莊天然無奈，「好、好，洗。」話說回來，泡泡浴是什麼？應該類似當兵時洗的大澡堂？

莊天然進浴室之後，才明白泡泡浴的意思。

浴室裡的沐浴用品一應俱全，簡單地沖完澡，莊天然看著浴缸裡放好的熱水，上面滿是玫瑰色的泡泡，他不知該說是犯人居然連泡澡粉都有準備，還是封哥在這種情況下仍有餘裕泡澡，哪件事比較奇怪。

封蕭生全身浸在浴缸裡，房間雖然窄小，浴室卻出乎意外地大，裡頭的浴缸也足以容納兩個男人，只是封蕭生腿長，仍有半條腿露在外面，他雙腿交疊，隨意搭在浴缸邊緣，隨便一個動作都像在拍雜誌封面。

「進來吧。」封蕭生邀請道。

莊天然心想：這和自己想的大澡堂不一樣。

莊天然踏進浴缸，他和封蕭生一人靠向一邊，大腿不經意相碰，肌膚的滑膩觸感讓他感到有些異樣，要說不適應也並非如此，他不是第一次碰到封哥的腿，睡覺時封哥經常無意識把腿纏到他腿上，不過不曾像這樣一絲不掛。

他竟然和封老師共浴！莊天然腦袋發熱，埋頭洗了把臉。

封蕭生忽然說：「然然，這個送你。」

莊天然仰起臉，只見封蕭生雙手捧了一把泡泡，伸到他面前。

莊天然不禁發笑，面無表情的臉上，竟罕見地浮現一絲純真和愉悅，緊張感頓時一掃而空，他沒想到封老師也有孩子氣的一面。

「你快收下。」封蕭生說。

莊天然伸手，封蕭生把兩隻手都放在他的掌心上，沒有挪開。莊天然滿眼疑惑，封蕭生卻沒有解釋，當泡泡逐漸消失，露出底下封蕭生併攏的雙手，原來是愛心的形狀。

封蕭生眸裡含笑，低聲道：「謝謝你收下我的愛。」

莊天然不得不說，封蕭生真是談感情的一把好手，他的內心備受感動，封老師連這種時候都不忘指導他怎麼演感情戲。

熱水漸漸變溫，莊天然從浴缸起身，封蕭生說自己要再泡一下，莊天然沖了沖水，擦乾身體，換上自己帶來的衣物。

莊天然離開浴室後，原以為封蕭生很快就會出來，想不到封蕭生洗了將近一個小時，莊天然才聽見吹風機的聲音。

封蕭生總算打開了門，肩上披著浴巾，吹乾的劉海柔軟垂下，幾乎遮住了眼睛，莊天然想著原來封哥的劉海這麼長。

封蕭生還沒走到床邊，便摀著嘴連咳了好幾聲，莊天然問：「怎麼了？」

「好像感冒了。」封蕭生悶悶的嗓音明顯有著鼻音和沙啞。

剛才好好的，怎麼突然感冒了？莊天然有些擔心，他還沒見過封哥感冒，甚至從未見他請病假，難道是泡太久，水太冷了？

封蕭生躺上床，「沒事，睡一會就好了，你要不要跟我睡？」他拉開棉被，還打開了小夜燈，所有動作一氣呵成。

都被綁架了還當成自己家，這麼自在眞的沒問題嗎？

莊天然嘆了口氣，礙於封哥身體不適，也不好勉強，而且一時半會也出不去，不如睡一晚補充體力，明天再想辦法。

莊天然關了燈，跟著躺上床，封蕭生自動自發地牽住他的手，把莊天然嚇了一跳。

封蕭生又咳了兩聲，說道：「任務不是要牽手嗎？你忘了？」

莊天然有股說不上來的怪異，第六感告訴他有哪裡不對勁，但封哥的行爲本來就讓他捉摸不清。

向來對封老師唯命是從的莊天然跟著回握，但沒多久，他猛地鬆開了手。

不對，他剛才摸到封哥手上有繭，手臂還有一些細小的傷口——但剛才沐浴的時候，以及一開始入睡的時候，他很確定封哥的手十分光滑細緻，沒有一處粗糙。

莊天然跳下床，打開電燈。

封蕭生蓋著棉被，含糊地說：「怎麼了？」

莊天然定睛一看，封蕭生的臉上並不是柔滑的原生肌膚，而是帶了些粉狀，顯然有上妝。

剛洗完澡，怎麼會上妝？

「你發現了。」床上的人緩緩放下了被子，對著莊天然笑道：「現在你還覺得我像封蕭生嗎？」

1
你國中寫過交換日記嗎？
2
我不擅長，不知道要寫什麼。
3
星期一　天氣晴
然然，你今天有想我嗎？
有
天氣陰
我只有考98分，
以親親抱抱嗎？
4
你不用寫，只要回答就好了。

莊天然連連後退，內心驚疑不定。這個人是誰？封蕭生是什麼時候消失的？他們從進門就待在一起，沒有替換的可能，唯一分開的時間……就是洗澡的時候。

在浴室裡！

莊天然衝向浴室，推開門，裡頭沒有半個人影，甚至沒有掙扎的痕跡。

封蕭生去哪裡了？

莊天然渾身冷汗，整個人僵在原地，腦袋一片空白。

身後的人喊道：「小天。」

熟悉的名字讓莊天然瞬間反應過來——這個人就是囚禁他們的犯人。

莊天然大聲質問：「封蕭生在哪裡？你把他怎麼了！」

難道犯人一直躲在浴室裡？封蕭生呢？他去哪裡了？

犯人置若罔聞，沉浸在自我的思緒中，自顧自地感嘆道：「我也不願意模仿他，但只有跟他在一起的時候，你才像小元。」

這個人說話的語氣、聲調的抑揚頓挫，甚至是臉上的神情，都像極了封蕭生。莊天然一陣雞皮疙瘩，「他到底在哪裡！」

犯人嘆了口氣，「小元，你從來不會大呼小叫。」說完，他從懷裡拿出了一把槍，指著莊天然說道：「我要你現在就變回小元。」頂著與封蕭生同樣的面容，流露出未曾在封蕭生臉上見過的執著與狠戾。

莊天然沒想到犯人竟然有槍，他蹙緊眉頭。這樣一來，他無法輕易靠近對方，也無法逼迫對方說出封蕭生的情況。

犯人下床，一步步走向莊天然。

莊天然一聲不吭。

犯人走到莊天然面前，用槍抵住了他的腦袋，語氣漸沉，似乎即將爆發，「聽話，小天。」

莊天然就在等這個時機。

在犯人極為靠近的這一瞬間，莊天然右手猛地一抬，打偏了犯人持槍的手，接著一個俐落的迴旋踢，踢飛他手裡的槍，趁犯人捂手痛呼的同時，以手肘扣住他的頸部，將他壓制在地！

莊天然拍戲時從未請過替身，為了演警察這個角色，他特地學了巴西柔道，所有武打戲都親力親為。

「封蕭生到底在哪裡？」莊天然怒不可遏，即使表情絲毫未變，但從他顫抖的唇和身體，也能強烈感受到他的怒意和悲傷。

想到封蕭生可能遭遇不測，他就無法克制地顫抖，大腦難以思考，這是從未有過的情緒。

封蕭生唯一有可能失蹤的地方，就是浴室。一個活生生的人能藏在哪裡？犯人原本又藏在哪裡？

莊天然驀然想起了封蕭生問的那個問題：「我把攝影機關了，嫌犯卻毫無反應，為什麼呢？」

現在他明白了，因爲嫌犯就在房間裡，他不需要攝影機。

犯人被壓制住而動彈不得，但他非但一點也不慌張，甚至似乎因爲與莊天然身體接觸而心滿意足地笑了，「小天，你的身手還是一樣好，不過，你還是不認得我嗎？」

莊天然摸到犯人頸部的接縫，發現他戴著假皮膚，於是撕下了他的人皮面具——底下的面容，讓莊天然一僵。

「范演員？」

范忍是名資深演員，劇中的主角群之一，屬於中後期的重要角色「F」，「F」經常會有模仿封蕭生的橋段，因此找了有小封蕭生稱號的范演員來飾演這個角色。

范忍和莊天然交情一般，因爲兩人都是屬於比較木訥、不擅言詞的類型，加上范忍極少參加劇組聚會，因此僅是工作上的單純關係。不過范忍與封蕭生交情不錯，兩人經常交流，莊天然心想：或許是因爲范忍資歷也深，不像他對封哥充滿敬畏。

范忍指著自己的口袋，說：「我是來開門的。」

莊天然怔怔地鬆開手，但仍不敢懈怠，直到看見范忍從口袋掏出感應鑰匙，對著大門「嗶」一聲，大門終於開了。

莊天然看傻了眼，登時靈光一閃，「難道——這些都是劇組的計畫？」

打從一開始的監禁、火災，再到日記和嫌犯，全部都是劇組刻意製造出來的懸念，爲的就是激發他演感情戲的潛力。

莊天然無可否認，自己確實體驗了從未有過的情緒起伏，尤其封蕭生的失蹤，讓他膽戰心驚，他終於能明白劇裡莊天然失去室友的悲痛。

范忍搖頭失笑，不知是否因爲模仿封蕭生太久，卸下面具後的笑容依舊和封蕭生有幾分相似，「摸一下手就認得封演員，距離這麼近卻不認得我，眞令人傷心啊。」

莊天然趕緊把范忍從地上扶起，「抱歉，你沒事吧？」

范忍拍了拍褲子，「沒事，畢竟我們從小開始訓練，你的身手一直這麼好。」

莊天然一頓。

范演員在說什麼？我們今年才認識的。

「你還沒想起我嗎？我是室友啊。」范忍驚訝地說。

莊天然發現范忍說的這句話是劇裡的台詞，他仰頭看向攝影機位置，依然是關閉的狀態，不解地道：「范演員，現在沒在拍攝了，我們還要繼續演嗎？」

范忍宛若沒聽見他的話，堅持道：「小元，我們住在這裡七、八年了，你被關了這麼久，還沒想起來嗎？」

莊天然漸漸發現，事情不對勁。

范忍握住了莊天然的手，用力到他手掌發紅，漆黑的瞳孔寫滿認真，「有一天你突然不告而別，我很傷心你知道嗎？醫生還說你不存在，我不相信！你明明就在這裡！」

范忍滔滔不絕地說：「後來，我在劇組遇見你，雖然你忘了，但我知道你就是小元……所以我只好把你帶回來，關了幾個小時，你很害怕吧？不過你還是想不起來嗎？」

「范演員，你到底在說什麼？」莊天然愕然。

范忍見莊天然還是不明白，他苦思了一會，忽然想到什麼似地說道：「我知道了！你看看這個，看完這個你一定就會想起來了！我把我們的過去都寫下來了！」他回頭翻找櫃子，把裡頭的東西全都掀出來，地上一片凌亂，終於，他找到了被藏在最底下的筆記本。

范忍把破舊的筆記本攤開，塞到莊天然手裡，莊天然愣愣地低頭一看，裡頭是和日記本相同的凌亂字跡，出自同一人所寫，第一句話寫著：

請解開故事謎底，第一幕。

這是《請解開故事謎底》的劇本，也是最初的手寫稿。

封面的編劇欄位寫著：Fanner。

莊天然從未見過編劇本人，一直以來都是製作人出面，他一直以爲Fanner是編劇的筆名，現在他才知道，是諧音。

Fanner，就是范忍。

范忍執著地指著劇本裡的內容，「你看看這裡，小時候我還拿飯給你吃！你不記得了嗎？」

莊天然背脊頓時一陣發涼。

他終於懂了。

——從頭到尾，「小元」都不存在，那是他幻想出來的角色。

范忍瘋了。

莊天然抽開手，試圖讓對方清醒，「范演員，我不是小元，我只是個演員，那是你的創作！」

范忍聽見了這句話，突然像變了個人似地，他卸下優雅的偽裝，抓狂地拔著頭髮，「創作、創作、創作！怎麼連你也和醫生說同樣的話？」

他雙眼布滿血絲，「我知道了，你想讓那個『封蕭生』取代我是嗎？你在意的那個人，不過是演我的人！我才是你的室友！是他模仿我！我要讓他消失！」

莊天然瞳孔一震，心中頓時有不好的猜想，「封蕭生到底在哪？你把他怎麼了！」

范忍見到莊天然的反應，突然安靜了，然後「嘻嘻嘻」地笑了起來。

「別擔心，你很快就永遠看不到他了，我就是你唯一的室友。」

莊天然撲向范忍，再次將他壓制在地，雙手向後折。

范忍被折得很疼，臉上布滿了汗水，卻依然不停地嘻嘻笑，「我不會說的、我不會說的，很快，你就只有我了。」

莊天然心中一寒，范忍精神不正常，就算逼供，也很可能不會說，即使說了，也不知是眞是假。

范忍說他「很快」就永遠看不到封蕭生，這表示，封蕭生目前沒事，但情況很危急，很快就會有生命危險。

不行，憑他一個人不可能同時應付范忍，還要找出封蕭生，時間緊迫，他必須要想辦法求救，不能再繼續和范忍糾纏下去！

莊天然衝向大門，想往樓下跑，然而，才剛衝出門，便迎面撞上一堵木牆。那片堵住三樓之五的木牆，封住了唯一的出口。

「有人嗎？有人聽到嗎？」莊天然砰砰砰地拍著木牆，卻始終沒有得到回音，整棟樓只聽得見他自己著急的喊聲。

莊天然滿額是汗，左右張望，四周除了施工物品，只剩下一扇被黑色塑膠袋遮覆住的窗。

莊天然撕開黑色塑膠袋，推開窗，整個人探出窗外大吼：「有沒有人？我們被關住了！報警！」

但街道上空無一人，這棟公寓位於荒涼的郊區，與其他房子相隔幾百公尺，若沒有人剛好經過，根本不會聽見。

冷風襲來，莊天然的心跟著涼了一半，陷入了絕望。

他既憤怒又心寒，同時也感到無能爲力，他從未這麼不像自己。

莊天然鼻腔一酸，雙手緊緊握拳。

封老師……都是因爲他，封蕭生才會遇到這種事，包括一開始也是爲了協助他的演技，才讓犯人有機會下手，再後來又是因爲他，才會惹來瘋子……

莊天然想起封蕭生曾經爲他做過的一切，雖然封老師在他心中地位崇高，但實際上，封蕭生從來不曾表現得高高在上。

封蕭生每天都會傳訊息關心他，即使再忙，也會找他吃飯，儘管每次自己總是戰戰兢兢地回覆，將對方視爲老師，有時還想這個前輩爲何只指導自己，但現在回想兩人之間的相處，從來都不只是前輩和後輩，封蕭生教會他很多東西、帶他體驗很多事，工作以外的時間也經常待在一起，他們早就是情同手足的朋友了。

莊天然兩指掐去即將溢出的眼淚，現在不是脆弱的時候，無論如何，他都必須要找人求救！

現在，只有一個方法。

莊天然往外探出身體，爬上窗框，望向一樓搭起的遮陽棚，高度足足有兩、三層樓，跳下去很可能會骨折。

莊天然喉頭滾動了下，抓緊窗框。

說不害怕是騙人的，但即使摔到頭破血流，他也要求救。

封蕭生曾經幫助自己無數次，這次，輪到自己幫助他了。

莊天然鬆開手，縱身往下跳——

窗邊突然伸出一雙手，緊緊抓住他！

「莊演員！」范忍緊緊抓著莊天然的手臂，但他的力道不足以拉起對方，手臂仍不斷下滑，「是拍戲！你別當眞！快爬上來！」

莊天然一瞬間愣了，看著范忍因爲用力而漲紅的臉，他不知道該不該相信——但就在這時，他看見范忍手裡拿著一綑麻繩。

假設他爬上去以後，被范忍捆住，就沒人救得了封蕭生了。

驀然間，他想起了自己當初對嫌犯的推測——

三十五歲以下的男性。

資歷足夠，能夠動用劇組資源。

熟知劇組安排和劇本。

熟悉他和封蕭生。

工作內容與藝術有關……

他忘了把演員算進去。

而這些，范忍全部符合。

莊天然心一橫，抽開了手，往下墜落。

「砰！」他順利落到了遮陽棚上，但沒想到，遮陽棚只是爲了施工而臨時搭建的棚子，根本承受不起成年男性墜落時的重力加速度，遮陽棚瞬間被砸毀，莊天然繼續重重往下摔……

他感覺自己落到了一個柔軟且富有張力的表面，彈起，又落下，又彈起，再落下，最後停了下來。

莊天然愣了愣，發現自己落在一張彈簧床上。

「太棒了！你表現得太好了，天然！」旁邊傳來熟悉的宏亮嗓音，向來以火爆著稱的導演難得滿臉讚賞，就連周圍的工作人員都紛紛鼓起掌。

「眞精彩！」

「沒有拍下來太可惜了！」

莊天然被工作人員們扶起身，這才注意到一樓裡聚集了整個劇組，地上放著不少飲料罐和便當盒，不曉得他們駐守在這邊多少天了。

導演說：「居然被封哥說中了，這小子真的跳窗！還好我們早準備了彈簧床……」

在導演的滔滔不絕中，莊天然看見封蕭生從滿地凌亂的一樓走了出來，直直地向他走來。

即使周遭環境再髒亂、聲音再吵雜，封蕭生依然從容不迫，像步入世俗的神仙般，一塵不染。

每次莊天然注視著對方時，思緒就像陷入另一個時空，聽不見其他聲響，無論周圍再多人流來來去去，始終只有封蕭生讓他移不開目光。

「封哥……」說完這句話，莊天然才終於真正鬆懈下來，甚至沒有注意到語尾帶著顫抖。

原來封蕭生沒事，一切確實是劇組的安排。

封蕭生莞爾，說道：「辛苦了。」

簡簡單單的一句話，讓莊天然差點湧出淚水。如果劇中的莊天然有朝一日能再次見到室友，或許也是這種心情吧。

05 你是終點也是起點

休息一會之後，莊天然才知道事情的始末。

封蕭生告訴莊天然，一開始他也不知情，後來泡澡時發現霧氣消失的方向不自然，浴室內沒有窗戶，霧氣卻明顯往右側飄散，因此他懷疑右側的牆壁有隔層。

加上這間屋子的空間從戶外看來至少二、三十坪，但內部的空間卻只有十幾坪，很可能牆後還有其他空間。

在不知牆後是敵是友的情況下，封蕭生讓莊天然先離開浴室，他敲了敲牆，要躲在牆後的人現身。

劇組見瞞不下去，只得出面承認這一切都是劇本，原本是打算讓飾演綁匪的范忍持槍現身，使兩人患難見眞情，如今被封蕭生發現，只好將計就計，讓范忍和封蕭生互換身分，直到范忍暴露，最後有了後來的衝突。

效果比預期來得好，莊天然的勇氣和流露的情感令所有人動容，只可惜沒能錄影。導演從頭到尾臭著臉，碎唸封蕭生爲什麼要關閉攝影機，那個長達五頁的合約裡其中一條明明寫了「願意接受拍攝」，而封蕭生莞爾一笑，說道：「未經我同意，拍到他的睡臉，你負責嗎？」平常雄糾糾、氣昂昂的導演，瞬間不敢二話。

范忍卸完妝後，喊住了莊天然，「那個，莊演員。」

莊天然朝他點了下頭，兩個不擅言辭的人面面相覷，默默無語。

范忍忍不住打破沉默，問道：「你爲什麼寧願跳樓，也不相信我？」

莊天然一頓，「抱歉，不是針對你，我只是不明白你爲什麼拿著繩子？」

范忍說：「我想說我如果抓不住你，還能放繩子讓你爬上來，電影不都這樣演的嗎？」

莊天然想了想，覺得有道理，「我明白了，謝謝。」

接著兩人之間又是漫長的沉默。

范忍絞盡腦汁，終於想到了話題：「很高興有機會和你演對手戲，沒嚇到你吧？」

他關心的眼神裡，有著和封蕭生同樣的溫情。

然而莊天然一點也沒注意到他的目光，「我沒事，范演員，你演得很好，很像瘋子。」他覺得這是對演員最好的讚美。

范忍無語。

「哈！」封蕭生笑出聲。

范忍幽幽的目光看向封蕭生。

你也好不到哪去，他永遠都不會開竅。

封蕭生勾住莊天然的肩，頭輕輕地靠在他的肩窩上，「確實，詮釋得不錯，讓然然深信不疑。」

范忍冷笑道：「這中間沒有你的安排嗎？你是不是故意讓我演反派，讓他對我沒好感？」

封蕭生兩手一攤，「我事先不知情。」

范忍道：「收到那則簡訊，你一點都沒有懷疑？我不信。」

封蕭生回道：「爲什麼要懷疑？就結果而言，我不吃虧。」

范忍：「……」封蕭生這傢伙爲什麼能這麼惹人厭！

莊天然聽著兩名前輩的對話，心裡想著：封哥和范忍果然交情不錯，比自己有話聊多了。

剛才走得匆忙，沒能帶走行李，於是莊天然和封蕭生又回到屋內收拾。

莊天然仰頭看著上方沒有打開的攝影機，以及四周唯妙唯肖的布景，雖然劇組做得過火，但如此大費周章又耗費鉅資……爲了讓他深刻體驗一輪感情戲，所有人煞費苦心，說到底，他還是很感謝劇組。

封蕭生順著莊天然的目光看過去，靜了片刻，說道：「說實話，如果可以，我希望你永遠學不會傷心和恐懼。」

莊天然收回視線，看向封蕭生。

封蕭生微笑，「但我知道，演好戲是你的夢想，所以我會幫你實現。」

莊天然恍然想起從前。

曾經有不少業界的人對他說過：「你面癱這個毛病，註定在演員這條路上走不遠。」他也曾灰心喪志，但他知道，一旦放棄，就什麼都沒有了。如果未來都是同樣的結局，那麼他寧願繼續走下去。

一輩子只有幾十年，即使只做一年的演員，也佔據了他生命中的幾十分之一。

直到遇見這個劇組，他的缺點意外成了不可或缺的要素，最開始公布演員名單時，獲得了不小的迴響，許多人都說選角選得好。

但事實上，在拍戲過程中並不順利。

導演經常吼他，演面癱不是真的要他變成面癱，相反地，他要比任何人都更清楚眼神和唇形之間的細微變化，既不能誇張，也不能死板，甚至要讓人一眼就能看出自己的心情。

莊天然不是不明白，但對他而言，連自然地抽動唇角都不是件容易的事，只有在情緒激烈起伏時，他才能展現一些變化。

導演罵歸罵，卻沒有一次放棄，總是不厭其煩地指正，劇組人員們對他更是包容，想方設法地誇他武打戲表現得好，反倒加深了他的歉疚。

接二連三的NG讓莊天然十分灰心且喪失自信，直到封蕭生加入劇組的那一天，封蕭生不知從何察覺了他的情緒，告訴他：「別把先天的特質當作缺點，它只是需要被善用。」

接著封蕭生教會了他如何在適當的時機表現出面癱，又怎麼在面無表情的情況下表達出情緒，也就是從那一天開始，封蕭生在他心中成爲了令人敬仰的封老師。

由於劇組裡每一個人的努力，不只是演員的演技，還有導演對每一個細節的重視與耐心，以及劇組無怨無悔的熱情，才讓這齣戲在開播後大受歡迎。

儘管現在莊天然還是經常會因爲不自覺的面癱而NG，但他知道自己不是獨自奮鬥，他們是一個團隊，劇組裡所有人都會幫助他，他很感謝，尤其是對封蕭生。

聽劇組說，這次的製作經費，封蕭生贊助了不少，到最後依然是封蕭生幫助他。

如果說，成爲演員佔了他人生中十分之一快樂的時光，那麼認識封蕭生，就是他剩下的全部。

莊天然說：「封哥，你爲我做得太多，多到我無法回報，但我不會辜負你的期待，我想要成爲你的驕傲。」

封蕭生聞言，露出了笑容，莊天然以爲平時的他已經是顏值巔峰，原來還能笑得更好看。

「你對我說話，終於不用敬語，也不會老是道謝了。」封蕭生說。

經他這麼一提，莊天然才發現自從住進這裡後，自己不知不覺不再用敬語，或許之前的感情戲之所以有隔閡，就是因爲他對封老師的敬畏，無意識中製造了距離。

現在封蕭生依舊是他最尊敬的對象，但也是最重要的朋友。

封蕭生莞爾道：「我只希望從今以後，你不要再叫我封老師。」

莊天然鄭重地點頭，「好。」

封蕭生話鋒一轉，又道：「那叫我親愛的。」

莊天然沒反應過來，「啊？」話題怎麼轉到這裡的？

感。

封蕭生面帶微笑，「開玩笑的。」

莊天然心想：自己體驗了喜怒哀樂，學習了各種感情，但還是沒能學會封哥的幽默

莊天然收拾床上的T恤，把衣服放進包包裡時，看著這張床，忽然想到：「床底下

的那個小丑也是范演員嗎？」

「嗯？」

「我想不通他是怎麼做到一秒內消失。」

封蕭生說道：「沒聽說有人扮小丑。」

莊天然見他一臉自然，狐疑地說：「這也是玩笑嗎？想讓我體驗恐懼……」

還沒說完，床下忽然傳來動靜。

首先是一隻白手套，從床底下伸出、手指扒住床架，掌間放著把刀，雪亮的刀刃映

照莊天然微微發青的臉色。接著露出紅綠相間的條紋上衣，蒼白乾瘦的脖子，慘白的

臉，以及高高揚起的詭異紅唇，小丑發出尖銳的笑聲，猛地舉起刀子朝他們揮砍——

「呃！」

莊天然突然從床上驚醒。

他瞠大了眼，盯著帳篷的篷頂，等到劇烈的呼吸平息，才意識到自己是在組織的宿舍裡。

「怎麼了？」被吵醒的封蕭生嗓音微啞，順手替他帶了被子。

莊天然抹了把臉，想著大概是因爲昨天才剛闖關回來，這次的關卡過於驚悚，才會作惡夢。

惡夢的內容很模糊，大致上已經不記得了，只隱約覺得夢境十分眞實。

莊天然說：「我作了一個夢，夢到我們都是演員……之類的，好像還有一支手機。」

封蕭生從床邊拿出一個東西，「你是說這支手機嗎？」

「嗶嗶！」老舊的手機適時地傳來簡訊聲。

莊天然看見螢幕上顯示著一句話。

「第一天：彼此相親相愛，手牽手入眠。」

《演員們——請解開故事謎底 外傳》完

後記

晚安~這裡是景景！

第一次以「花於景」這個新筆名寫後記，感覺好新鮮，自己也還在適應這一個新名字，我很喜歡它，也希望能早點習慣它（笑）

關於改名的原因，雖然社群裡有提到，或許你已經看過了，但還是統一在後記裡和你們說一說（愛心）

■關於改名的幕後：

謝謝「雷雷夥伴」這個名字陪伴我這麼多年。

名字的由來是當年在註冊小說網站的前幾天看了《熊麻吉》這部電影，因爲很喜歡泰迪與主角之間深厚的友誼，希望能成爲其他人的雷雷夥伴，所以取了這個筆名。

想不到眨眼就過了這麼多年，謝謝當初讓我有這個構想的那部電影。

不過因爲電影很紅，這個名字經常與別人撞名，所以一直都想再取個獨一無二、只屬於自己的名字，想了很久，終於定案了新筆名。

「花於景」。

意思是希望像一朵野花，作爲你人生路途上一瞬美麗的風景。

「雷雷夥伴」陪我走過前程，花於景陪你走完餘生。

——以上就是改名的原因。

在發布新筆名的第一天其實是懷著忐忑的心情，但發布以後收到了你們很多溫暖的留言，無論是表達對這個名字的喜愛，還是緬懷舊筆名，或者是正在和我一起努力適應這個新筆名，我都很高興能聽見你的感想，因爲這表示我們之間又多了一個共同話題，也多了一項共同的經歷，未來我們再一起度過許多事吧！

另外，很高興這本外傳能夠順利問世，如同在社群上跟你們說的，「謎底」是一部前後脈絡息息相關的作品，須要花很多時間反覆琢磨和構思，我一直都在為此努力，但由於家庭有些重大變故，很希望能有時間將「謎底」第三集寫得更加完善，所以第三集的出版會稍微延後一些。

不過，除了不想讓大家等太久，也是因為我自己會想念封然這對小妖精（不是），所以和出版社商量以後，出版社同意先出版一本番外，因此才有了這本得來不易的外傳。

原本想在外傳裡多寫一些正文沒有的感情戲，結果寫著寫著還是變成了驚悚懸疑，只能說景景牽到戀愛劇裡還是景景。

最後，謝謝出版社和編輯的溫柔包容，下半年因為家庭因素，麻煩了編輯、合作朋朋、校稿朋朋和出版社許多許多許多，再多的許多也數不盡，眞的要深深感謝他們每一個人，我始終覺得，「謎底」這部書能夠成功問世，我是最微不足道的那個。

有人說過，每個人的成功都是源自於許多人的幫助，從一開始默默寫「謎底」、還未發布的時候，是朋友們的喜愛讓我高興地埋頭寫作，後來是出版社的接納、出版，讓我終於有了收入，並且得到了編輯的各種專業、溫暖的幫助，再後來，是你買下了這本書，讓我在艱難的生活中能夠繼續創作，做自己熱愛的事。

在「謎底」出版的過程中，我是最微不足道的一個。

可是因爲有你們所有人，我才能變成最燦爛的人。

謝謝每一個人，我會繼續努力寫好這部我們共同創造的故事，即使無法盡善盡美，我也會盡全力做好自己的角色，不辜負這段時光，也不辜負這份愛。

景

2023.1.4

莊天然在夢中隱約聽見有人議論著：

「聽說咱們這個村子，
在睡夢中，
會被偷走頭。」

請解開故事

謎底

MURDEREROFUS

03

敬請期待！

他驚醒，發現自己身處年代古早且陳舊的房間，
他知道，自己進入了新的關卡。
從床上起身，視線正好對上掛在牆面的鏡子——
眼前這顆頭，不是他的，屬於陌生女孩……

他的頭，被偷走了。

國家圖書館出版品預行編目資料

演員們——請解開故事謎底 外傳 / 花於景 著.
——初版. ——台北市：魔豆文化出版：蓋亞文化發行，2023.02
冊； 公分.（Fresh；FS203）
ISBN 978-626-96918-1-4（平裝）
863.57　　111020630

fresh FS203

演員們——請解開故事謎底 外傳

作　　者　花於景
插　　畫　PP
裝幀設計　高橋麵包
總 編 輯　黃致雲
發 行 人　陳常智
出 版 社　魔豆文化有限公司
發　　行　蓋亞文化有限公司
地址：台北市103承德路二段75巷35號1樓
電話：02-2558-5438　　傳眞：02-2558-5439
電子信箱：gaea@gaeabooks.com.tw
投稿信箱：editor@gaeabooks.com.tw
郵撥帳號 19769541　戶名：蓋亞文化有限公司
法律顧問　宇達經貿法律事務所
總 經 銷　聯合發行股份有限公司
地址：新北市新店區寶橋路二三五巷六弄六號二樓
電話：02-2917-8022　　傳眞：02-2915-6275
港澳地區　一代匯集
地址：九龍旺角塘尾道64號龍駒企業大廈10樓B&D室
電話：+852-2783-8102　　傳眞：+852-2396-0050
初版七刷　2024年08月
定　　價　新台幣 120 元
Published and printed in Taiwan

ISBN 978-626-96918-1-4

FS203

請解開故事謎底外傳

魔豆文化　讀者迴響

感謝您在茫茫書海中選擇了魔豆，您的支持是我們最大的動力。
不要缺席喔，讓我們一起乘著夢想的羽翼，穿越時空遨遊天地！

姓名：	性別：□男□女	出生日期：　年　月　日
聯絡電話：	手機：	
學歷：□小學□國中□高中□大學□研究所	職業：	
E-mail：		（請正確填寫）
通訊地址：□□□		
本書購自：　縣市　書店		
何處得知本書消息：□逛書店□親友推薦□DM廣告□網路□雜誌報導		
是否購買過魔豆其他書籍：□是，書名：		□否，首次購買
購買本書的動機是：□封面很吸引人□書名取得很讚□喜歡作者□價格便宜□其他		
是否參加過魔豆所舉辦的活動： □有，參加過　場　□無，因爲		
喜歡出版社製作什麼樣的贈品： □書卡□文具用品□衣服□作者簽名□海報□無所謂□其他：		
您對本書的意見： ◎內容／□滿意□尚可□待改進　◎編輯／□滿意□尚可□待改進 ◎封面設計／□滿意□尚可□待改進　◎定價／□滿意□尚可□待改進		
推薦好友，讓他們一起分享出版訊息，享有購書優惠 1.姓名：　e-mail： 2.姓名：　e-mail：		
其他建議：		

廣告回信　郵資免付
台北郵局登記證
台北廣字第00675號

TO：魔豆文化有限公司　收

103 台北市承德路二段75巷35號1樓

魔豆

魔豆

魔豆

魔豆